복합상징시기획시리즈 · 7

# 안개의 해부도

정하나 詩集

 중국조선족복합상징시동인회

# 안개의 해부도

# 안개의 대안에 미소 짓는 메아리
－정하나의 詩集「안개의 해부도」를 열고 본다

중국 연변조선족복합상징시동인회 회장
「詩夢」 잡지사 사장 · 발행인

김현순

    삶의 시작은 어디고 끝은 어디까지일까. 안개 덮인 삶 속에서 반짝이는 희망을 찾아 마음을 갈고닦는 淨化의 작업이 바로 고달픈 인생을 값진 보석으로 빛나게 하는 일일 것이다. 복합구성을 이루고 있는 우주의 큰 가르침 속에 무질서한 나열을 딛고 세상을 헤쳐 나가는 정하나 님의 詩集「안개의 해부도」가 지금 지구의 복부에 걸리어 있다.
    이제 그 가슴을 문지르면서 정하나 님의 안갯속 팔딱이는 세포들을 현미경 걸고 살펴볼 이유가 다가서고 있다.
    어려서부터 삶의 질고에 부대끼던 가난의 동년을 거쳐 파란만장의 청춘의 역을 지나 불혹의 계절을 맞이한 정하나 님의「안개의 해부도」는 인간 삶의 축도이기 전에 예술의 극치에로의 몸부림이라고 볼 수 있을 것이다. 그것은 또한 화자 본인의 삶의 좌표의 흔적이기도 하며 판도라의 궤에 갇힌 희망의 씨실이기도 하다.

    호랑이가

씨비리바람 올라타고
성에꽃 창문 노크할 때
사념 부푼 가을부채
무지개로 피어난다

이 詩集의 표제시로 명명되고 있는 詩「안개의 해부도」
의 첫 부분이다.
　시인의 생평 삶에 대한 갈구의 자세는 바로 "호랑이가 씨
비리바람 올라탄" 듯한 장엄과 웅장함이며 어려운 삶의 현
장은 화자에게 "성에꽃 핀 창문"과 같다. 그런 현실의 창문
을 노크하는 시인의 정감 세계는 "사념 부푼 가을부채"가
되어 무지개로 피어난다. 삶에 대한 적극적인 태도가 돋보
이는 독백이 아닐 수 없다.

길바닥에 얼어붙은 존엄의 작은 주먹
산호조각 등댓불 밝게 켜둘 일이로다
깨진 그릇 부여잡은 백로의 날개
갈대 물고 그림자 잡는
잠자리의 한숨 소리
광솔 되어 깊이깊이 잠들어야 하나

비록 화자의 삶의 경지는 비참한 현실을 맞이하고 있으나
그것에 대한 시인의 자세는 "산호조각"을 "등댓불"로 환히
밝혀두려는, 악착스럽고 고집스러운 "백로의 날갯짓"이며
그것은 또한 "갈대 물고 그림자 잡는 잠자리의 한숨 소리"
로 광솔 되어 어둠 속에 깊이깊이 잠들어야 하는, 안타까운
현실에 대한 반발이기도 하다.

달빛 걸어둔 우주에
개나리 고은 치맛바람
고요 다독여 줄 이유가

6

향기 모아 새벽을 연다

이 시의 마지막 결구로 되는 이 부분에서는 아름다운 미래에 대한 동경을 "개나리 치맛바람… 향기 모아 새벽을 여는"동작으로 그 화폭에 생명력을 불어넣고 있다.

시를 쓸 때 우선 포착하게 되는 것은 시의 내함이라고 할 수 있다. 그 내함의 우열에 따라 시의 무게 정도가 가늠된다. 하지만 아무리 훌륭한 내함이라 하여도 그 표현이 적절치 못하다면 그냥 내용덩어리 내지 삶의 귀퉁이에 대한 생활용어 집합으로밖에 남을 수 없다. 이러한 특성들이 곧바로 작품의 예술성을 추구하게끔 강요하는 것이다. 예술성이란 그것에 대한 표현기교에서 비롯됨을 세상은 다 알고 있는 이치이다. 그만큼 표현기교는 작품의 사활(死活)을 결정짓는 자못 중요한 인소로 되고 있다. 화자는 이 면에서 그 기량을 재치 있게 다루었는바 다시 살펴보기로 한다.

상징은 세상이 인류에게 선사한 가장 큰 선물이라고 했다. 상징의 목적에 도달하기 위해서 인간은 상관물을 통한 이미지의 변형을 빌어 복잡한 내면세계를 펼쳐 보이고 있다. 여기에서 핵심은 변형의 표현이다.

변형이란 기존되어 있거나 기성된 상태의 것에 대한 외연과 내연의 불가사의한 이질적 표현을 실행하는 것을 말하는데 이 시의 경우 그 변형된 사례들을 모아 보면 다음과 같다.

호랑이: 씨비리바람을 올라타다(바람을 올라타다니… 불가사의 한 표현이다)
부채: 사념으로 부풀다
주먹: 길가에 존엄으로 얼어붙다
산호조각: 등댓불로 켜두다
백로의 날개: 깨진 그릇 부여잡는다
그림자: 갈대를 물다

잠자리 한숨 소리: 광솔 되어 잠이 들다
우주: 달빛 걸어둔 우주이다
치맛바람: 향기 모아 새벽을 연다

　상기의 이런 변형된 이미지들의 이질적 표현이 바로 화자
의 응어리진 내심세계를 낯선 표현으로 꿈틀거리게끔 함으
로써 세상의 자극을 긁어주고 있는 것이다.
　정하나 님의 이와 같은 삶에 대한 지극한 집착과 역경의
해탈을 위한 모질음은 많은 작품들에서도 그 흔적을 남기고
있다. 詩 "고통", "새벽", "눈 내리는 고갯길", "섭리의 하
늘"… 등 작품에서 절실히 체현되고 있다. 하지만 일일이
사례들을 분석하지 않고 "고통"이라는 시 한 수를 더 살펴
보기로 하자.

시간의 목에 걸린 열쇠
놀음이 훔쳐갔다

고깔모자 쓴 바람의 반란
폐품 수구소 문어귀에 향기 재워
침묵을 일으켜 세운다

하늘나라 저 멀리
미소 짓는 우주의 영전 앞에
노을빛 후회

아빠라는 이력서에 별빛 들어
낙방의 날인 찍는다

기억 삼킨 뒤안길에서
구름의 입덧
서성이는 우윳빛 하늘에

아픔이 냇물 되어

기다림 흐른다
고독이 풀린다

─詩「고통」全文

정하나 님의 시의 세계는 위 시와 같이 회색의 잿빛 삶으로 충만되어 있다. 그것은 어린 시절 충격이 컸던 동년의 아픈 기억일 수도 있다는 점에서 독자들의 마음을 무겁게 한다. 철모르던 동년시절 뜻하지 않게 억울한 누명으로 투쟁받던 아빠에 대한 쓰라린 기억의 시점에서 화자는 감정을 승화시켜 삶의 질고에서 해탈의 구심점을 찾는 정감의 세계를 변형의 화폭으로 可視化 둔갑시켜 펼쳐 보이고 있다.

천진난만의 시름없던 동년에 대한 회포의 정을 화자는 "시간의 목에 걸린 열쇠/놀음이 훔쳐갔다"는 해학적 표현으로 발설한다. 그러면서 철없던 시절 아빠에 대한 다하지 못한 효성에 대한 회의(悔意)의 정감을 "놀빛 후회"라고 視覺化 하여 교대한다.

"기억 삼킨 뒤안길에서/구름의 입덧"이라는 표현 또한 절묘하기 그지없다. 여기에서 구름은 화자의 암울한 심정의 代辯物이라고 볼 수 있는데 거기에 또 "입덧"까지 함으로 하여 회의(悔意)적 정감의 크기와 깊이와 여운을 확장시켜 주는 데 유력한 효과를 불러일으키고 있다.

"아픔은 냇물이 되지만" 그런 기다림 속에서 고독은 풀리고 서정적 주인공은 점차 성숙에로 치닫게 된다.

삶의 철리와 섭리가 녹아들어 있는 이 한 수의 시는 쉽게 읽혀지면서도 생동한 형상의 변형으로 심상을 그려 보이고 있기에 독자들의 공감대를 불러일으키는 데 크게 유조한 특점을 가지고 있다.

그 외에도 정하나 님의 시의 세계는 해학과 유머적 색채도 가담가담 끼어 글의 지나친 엄숙성을 회피하면서 전반 시의 흐름을 풍요롭게 하고 있다는 점도 짚고 넘어가지 않을 수 없다.

　참회


　밤이슬 밟고 온 머리맡에
　달빛 풀어 놓는다

　별빛 묻은
　선반 위 먼지
　소매가 쓸어 담는다

　때국물 고인 방안에서
　길손의 손더듬

　항아리도 입 벌리고
　못 본 체한다


　이 시는 정지된 듯 한가한 공간의 단면에 대한 묘술로써 언젠가 게을렀던 삶에 대한 반성이의 성찰이다. 시속에 흐르는 이미지들의 장면적 흐름은 읽는 이의 취미를 부쩍 끌어당긴다. 다시 살펴보자.

　밤이슬을 밟고 왔다. 누가? 생략되었지만 그것은 틀림없는 나일 것이다. 그런 나의 머리맡에 달빛 풀어놓는다 누가? 역시 생략되었지만 그것은 틀림없는 세월의 작간일 것이다.
　"별빛 묻은 선반 위 먼지", 여기에서 선반은 노동(勞動)의 대명사이다. 그런데 그 위에 먼지가 끼었으니, 잠시 잠깐의 한가함을 뜻하며 그것을 소매가 쓸어 담으니 다시 팔 거두고 나서는, 약동하는 삶의 시작을 뜻하기도 한다.

세상을 가꾸는 일은 어느 누구의 몫인 것만은 아니다. 깨끗하고 아름다운 삶에 대한 집착과 영위는 세상 모두의 몫임을 깨우치는 경상(景象)을 "때국물 고인 방안"을 손더듬하는 길손들의 행위로 변용하여 상징의 목적에 이르고 있다.

그런데 "항아리"는 입 벌리고 "못 본 체한다". 그렇다면 항아리는 대체 누구를 뜻하는 것 일가. 항아리는 의심할 나위 없이 세상 자체를 뜻할 것이다. 인간이야 어찌하든 말든 세상은 존재 그 자체에 의미가 있다. 그런 세상에 대한 세탁과 정화를 자칫 잊고 산 삶에 대한 참회의 목소리가 이 작품에 엿처럼 녹아 있는 것이다.

이 시에서 정감의 기복이자 크라이막스이며 종결로 되고 있는 "항아리도 입 벌리고 못 본 체한다"는 표현은 그야말로 웃음이 쿡 터져 나오는 아이러니한 해학적 표현이 아닐 수 없다.

물론 정하나 님의 어떤 작품들은 화자의 경지승화가 좀 옅은, 미흡한 점들도 지니고 있지만 이런 특성들이 시인을 더욱 분발케 하고 있다.

복합상징시의 동인으로서 시적 기량을 꽃피우고 있는 정하나 님의 詩集「안개의 해부도」는 중국 조선족복합상징시동인회의 기획시리즈로 출간 되는 일곱 번째 복합상징시집이다. 그 외에도 기획시리즈가 아닌 단행본으로 출간한 것까지 하면 이미 십여 권이 넘는 복합상징시집들이 세상에 두각을 드러내고 있다.

열린 글로벌시대, 복잡다단한 인간의 진실한 내면세계를 무의식의 흐름 속에서 새롭게 질서를 잡아 변형의 能動的 可視化로 펼쳐 보이는 작업이 바로 미래지향적인 복합상징시의 사명이라고 할 수 있다.

금후 정하나 님의 주렁찬 창작성과들이 이 詩集의 뒤를

이어 더욱 밝은 별이 되어 어둠을 헤쳐가리라 굳게 믿어 마
지않는다.
　시집의 출간을 감축 드리는 바이다.


　辛丑年 봄날에…

# 차례

정하나 복합상징시집·안개의 해부도

# 안개의 해부도

# 기쁨이라는 명사에는

산에 갔다가
향기 가득 꺾어 올 때에
어린 시절 응석 부려
알사탕 사먹던 달콤함이
가슴 만져주었다
휴식날, 엄마의 부담 덜어 주려고
빨래 해놓고
늦게 집에 돌아 왔다는
아들애의 진주 꿰맨 이야기들도
하산 길에 꽃으로 피어 있었다
그것은 하루 일당 노임봉투에
미소 짓는 햇살보다는
아들의 결혼식날
아빠 같은 오빠 있어
든든했던 시각으로
구름위에 찬란한 무지개 비껴주었다
운전연습 손에 익어
거리를 달릴 때 귀에 익은 바람소리가
퇴직 앞두고 생일
크게 쇠 주던 며느리의 소행으로
걸음걸음
별이 되어 반짝거렸다

# 고통

시간의 목에 걸린 열쇠
놀음이 훔쳐갔다

고깔모자 쓴 바람의 반란
폐품 수구소 문어귀에 향기 재워
침묵을 일으켜 세운다

하늘나라 저 멀리
미소 짓는 우주의 영전 앞에
노을빛 후회

아빠라는 이력서에 별빛 들어
낙방의 날인 찍는다

기억 삼킨 뒤안길에서
구름의 입덧
서성이는 우유빛 하늘에
아픔이 냇물 되어

기다림 흐른다
고독이 풀린다

# 눈사람의 독백


사랑이 보내준 최상의 선물
햇빛 한 자락 잘라내어 자비 감싸고
거짓의 옷 벗어 대지를 보듬어 주리

먼동이 트면 기꺼이
맞이해야 할 숙명

백옥이 결백 접어
바람에 깃 펼치어 주리

티끌 하나 남기고 갈
이유 없는 까닭

딱지 뜯는 편지가
향기 감춰
저 먼 하늘에 감추어 두리

# 인생 비등점


즐거움과 서글픔 재겨 딛는다
잡았던 지휘봉 기세에
추켜든 시동소리 바람에 길 물을 것이다

스쳐간 풍경 휴게소에 보짐 내려
추억 한 장 체크 하면
아득히 펼쳐진 어둠의 연장선
시간을 등에 지고 종착역에
달려갈 것이다

그림자 앞세운 꽁무늬
산길 미끄러져 내려 갈 때에
손가락이 구멍 뚫린 하늘 탓 할 양이면

마음 조여 끌려간 막창...
숙명의 껌을 복엔
회음벽도 고개 숙일지어니

지구의 온도에 식은 이마 기대며
달빛은 이 밤 덮어줄 것이다

# 선율의 메타포

멀리멀리 깃 펴는 생각이
하늘 움켜쥔 기억에
눈썹 그린 어젯날 떠올려 본다
꿈나무 흔들어 흩어지는 햇살 모아
잠든 그늘 덮어주고
무릎 굴러 몸집 열어
낭만 한 잎 커피 잔에 안개로 덮어 준다
떨리는 손가락
봄이 노래 지어 부를 때
움츠러뜨린 가슴 사래기마다
이슬이 보석으로
별빛 한 올 얹어 둔다
연주자의 어깨엔 순간이
사막 이고
영(嶺) 넘어 간다

# 거짓말

살구나무 가지 꺾어 언약 새기고
고인 샘물 약속 말아
우물가에 전설 말아 둔다

애절인 둥근달 쪼개어 물동이 채우고
꽃가지 그리움 드리워
독수공방에 그림자 깔아준다

스러져가는 방안에서
초점 잃은 시간이
시계바늘 돌아가는 소리로
손가락 틈새를 빠져 나간다

먼 훗날 묘비에 감도는 혼백은
옛이야기로 꽃 피울 것이라고
바람이 속살거린다

# 부채

녹색 추억 포개어 구름위에
얹어 놓고
가을은 안갯속에 꿈...
꺾어 들고 서 있네
전원에 말 달려 부르는 노래
도심의 번거로움, 체념으로
면사포
벗어 버리네

그림 속 끌려가는 은신처
국화향기 소매 적셔 마음 취하고
바다가의 요조숙녀, 야명주 입에 물고
미소 짓는데

초불 따라 찾아간 초가집 하나
경직된 나무들 팔뚝마다에
꽃 피는 이유 술잔 기울여

존재의 치마폭에 술잔
들어 올리네

# 안개의 해부도

호랑이가
씨비리바람 올라타고
성에꽃 창문 노크할 때
사념 부푼 가을부채
무지개로 피어난다
길바닥에 얼어붙은 존엄의 작은 주먹
산호조각 등댓불 밝게 켜들 일이로다
깨진 그릇 부여잡은 백로의 날개
갈대 물고 그림자 잡는
잠자리의 한숨 소리
광솔 되어 깊이깊이 잠들어야 하나
달빛 걸어둔 우주에
개나리 고은 치맛바람
고요 다독여 줄 이유가
향기 모아 새벽을 연다

# 그 이름 숙명이라 부를 때

먼 훗날
웃음 쪼개며 세월 뛰놀던 발가숭이
회초리 가슴에 부여안고
앞산 언덕에 무릎 꿇었지

쓰라림 찢어 한숨 날리며
밥상위에 굶주림 깔아 두던 날
유리 조각 밟으며 설날 걸어 올 때엔

겨울 얼어 터지는 틈사이로
하늘의 낯빛도
푸른색이었지

마지막 엽서 한 장 번져 넘기는
손가락 마디엔
뼈 긁는 구름 속 메아리가
붕대 감고 떨고 있는 줄

긴 세월 흐른 뒤에야
비로소 알게 되었지

가난 앓는 동년이 추억 덮인
보석인줄은
시간이 초침 뒤에 숨겨 두었지

# 나 몰래

대나무가 수수께끼
방앗간에 걸어 두고
해바라기 고개 숙여 태평양 이고 간다

등진 팔자 담장위에 먹줄 튕기어
숯검쟁이 걱정 도감
적도를 에돈다

여름에도 움츠린 자라의 목
나리꽃은 눈 감아 피를 토하고...

린색의 틈새로 멍게
가시 펼친다

죽어서도 눈 못 감는 건 물고기뿐이던가
열두나 치마폭 움켜삽은 채
구름은 또 한 고개

아침을
넘는다

# 새벽

어둠이 홰 치는 소리에 풀잎 눈 뜨고
안개 속 마을이 기지게 접는다

백양나무 숲속은 까치네 건설장
막 열린 노천 활무대에 이슬이 뒹군다

장바구니 담겨진 시간들이
코 벌름 거린다

입 다문 청개구리의 간밤 이야기
별빛 속에 숨겨 두었다는 전설이
툭 삐져나온 두 눈에 빙글빙글

세월은 저 혼자
옷을 입는다

# 고갯길에 눈 내리네

멍든 하늘에 푸념 쓸어내리네
하루에도 열두 번씩 넘나드는 시름언덕

백양나무 귀 가시는 소리에
타다 남은 가맛속 숭늉, 떠다 끼었고
시간 적신 술 냄새, 바자굽 밟고 가네

새끼줄에 꽂아 놓은 시든 운명 교향곡
백년 묵은 비술나무 둥지에 틀고 앉았네

머리 풀어 구중천에 날리며
구슬픔 찢어 가는 새야

한 겹 두 겹 포개 접은 담뱃잎에
마른 눈물 하얗게
밤 밝혀 반짝이네

별은 지척에서 깜박거리네

 정하나 복합상징시집·안개의 해부도

# 천냥의 의미

기침에 튕긴 구슬
봄바람을 불러 오고

무심히 던진 돌멩이
백년나무에 옹 박혔네

성냥 한가치
겨울 가슴 녹이고

오뉴월의 흥 소리
개구리 목 부어올랐네

소가죽에 북소리 장단
기와집 날리고

취중진담에 호랑이
불 끌어 몸 태웠네

# 가을


더위  몰아 여름 쫓는 구름의 생각
은띠 풀어 산허리 두르는
강물의 살갗에
가슴 갖다 대본다

무르익은 오미자 빛으로 화롯불
얼굴 붉힐 때
세월의 항아리에 잣송이 담그시고

상투 틀어 올린 상고 할배
기침소리 뒷짐 지고
걸어 나온다


 정하나 복합상징시집·안개의 해부도

# 눈 내리는 고갯길

그 여름날, 개미는
새벽 물고 갔다가
땅거미 지고 돌아 왔었지

우렛소리에 놀라 잠깬 남쪽 하늘은
별 밟고 달려오던 산비탈에
떼구름 가로막아 주었지

영각소리 음메 음메...
타령 엮어 부를 때
등 굽은 겨울의 모습 마다엔
서러운 이별같이
아픔 으깨져 날개 접고 있었네

# 12월의 참회록

지구는 양극 잡고
적도의 가슴 되새겨 본다

가로 세로 엉킨 우주
무심결에 뱉은 실수
연돌(鉛乭) 끌어 바다를 건넌다

필름은 발걸음 멈추고
한숨짓는다

뺨 치는 손바닥에
한 잔 두 잔 마이는 눈물

거품 속에 떠가는
방울방울 아픔이
연기 되어 허공에 샛가루 날린다

천년봉황 하얀
이불 속에 신음한다

# 회한(悔恨)의 덧돌

떡방아 소리 날개 번뜩이며
쇠보습 당겼다

초행길 홀로 든 다리에
콧기러기 바람 집고 휘청거림을
일기장은 또박또박 적어 두었다

햇빛 주어 바른 거리에
빗방울 집어 놓으며
눈보라에 떠가는 겨울 한 컬레

바람벽 틀어막는 추위
맞댄 얼굴에
약탕관 걸어 나옴을 감초는 보았다

먼지 덮인 편지지 위에
달빛이 내려앉는 자세를
노을은 소리 없이 안색 붉혀 주었다

# 불타는 추위

가로등 숨 죽여 울고 간
목화밭에 이르렀지
바람 잦은 개울가에
열린 가슴 모아 쥐고
움츠린 아침 지붕위에 기어올랐지

사립 재껴 큰길 달려나간
소망의 별빛
눈보라 사품치는 비탈길에
세월 움켜잡은 회오리 욕심

추녀 끝에 머무르는 빛
고드름 잡고
잘랑거림을 흘겨보았지

수렁길 재겨 딛는 석고다리에서
나사못 삐걱대는 소리들의 열창 ( 热唱 )
개털모자 덮개에서
무지개 달려나옴을
하늘은 깃 펼쳐 웃어 주겠지

# 고백을 위한 서(書)


꿀이 되어 메마른 입술
적셔 드리겠습니다
어둠 돌리는 지축으로
빛의 날개 보듬어 주겠습니다

생채기에 주름지는 아픔의 주소
햇살 접어 나비
춤추게 하겠습니다

가능하다면 더운 땀 닦아 주는
손수건의 자비로움으로
흐드러진 꽃향기
감싸 안게 하겠습니다

바다 건너는 지구의 숨결
우주의 메아리로 세상
열 수 있다면

아, 정말 그리고
가능할 수만 있다면...

# 섭리(涉理)의 하늘

물과 물이 만나면 물이 된다
바람과 바람이 만나면 바람이 된다

돌이 돌을 먹고 잠이 들면
지구는 어둠 잡고 달린다

우주의 미소는 치마 펼친 아픔이다
사금파리 반짝 거리는 건
못다 나눈 파도의 이야기
그리워서일 게다

진주 품은 가래비의 비명
시간 깔고 달빛 뜯어
하루를 마신다

# 파출 뛰던 날

검은 새벽 망초 밟고
두부방 지났지
지하철 출구가 좌회전 우회전 웨치며
백반집 방울 울려 주었지
"좋은 데이, 콜라 파출입니다"
"오! 참이슬, 빨랑 빨랑!"
식탁 두드리는 젓가락의 멜로디가
기름에 시간 버무려
기억 접시에 받쳐 올렸지
밑반찬 하늘엔 별들도 총총
구름 발린 메아리의 보온 박스엔
오로라 증발하는 내음새도 양념으로
삭아 있었지
"무얼 드릴가예?"
요지 (牙쑴) 들었던 포크 ,
두부전 꿰든 채
계란 웃음 몸에 감고 머리위에 등(灯)
추켜들었지
오다가다 만난 인연일지라도
넉살 좋은 전철역 마무리는
구겨진 지폐
노을빛 불타오름이었다

# 아픔, 그 인내의 계절에


핏덩이 눈 밟고 하늘 찢는 동안
삼장에 가시 돋아
벽이 돌아눕는다

눈물이 바람 잡고 어둠 쪼갤 때
나무 끝 초리가 바위가슴
보듬어준다

# 시간

어둠이…
기억 찢어 슬픔 닦으면
해와 달 얼싸 안고
키스 나눠 먹는다

커튼에 매달린
우주의 속삭임

부서진 먼지의 언어는
청소기가
쓸어 담는다

# 미나리


모래밭에 노을길 틔워놓고
갈대밭 파란손
뼈마디 꺾는다

찰거머리의 흡반
소깔밭에 날개 달며는
바위산 오르는 우물가

영혼이 꿈 불러
하얗게 숨 쉰다

정하나 복합상징시집·안개의 해부도

# 저녁바람

바가지 둘러멘 각설이
쑥향기 깔고 누웠다

보라색수건 흔드는 달래꽃
들장미 가시 빌어
옷깃 여미여 준다

팔 벌린 흙의 내음새…
노을의 키스가
옷 벗어 욕망을 덮는다

인내의 포옹은 감은 눈 속에
숨쉬며 산다

# 참회

밤이슬 밟고 온 머리맡에
달빛 풀어 놓는다

별빛 묻은
선반 위 먼지
소매가 쓸어 담는다

땟국물 고인 방안에서
길손의 손더듬

항아리로 입 벌리고
못 본 체한다

# 반지 낀 추억

국화꽃 자욱마다
그림자 찍는다

호박잎 그늘마다
손톱 잘라 눕히고

싸리나무 향기
해살 널어 말린다

# 슬픔


빛의 교차로에서
등 굽은 세월 뒤뚱 거린다

소쩍새의 울음 찢는
망부석의 회한

꿈꾸는 전자판이
알몸 뽑아 닦는다

확률의 뿌리는 전담 돌려
풍문이 난다

# 겨울밤

백설 뒤덮인 초가
잠 못 이루고
옷자락 삭풍에 뒤집힌다

등불아래 외로움 불러
하늘에
끝과 갓 물어가고

차가움이
심도(深度) 짚고 간다

# 꿈의 유혹

날개 달고 춤추는 마당에서
유령의 가슴
꽃이 되어 불타오른다

현실을 빨갛게 삼키는
부엌에서 두려움과
괴로움 손잡고 떠나간다

찌꺼기만 남은 터전에서
허수아비
눈물 쥐어짜며

하얀 팔 밟아가는
여신의 뒷모습을 잡아본다

# 해 질 무렵


더위 먹고 취한 노을
보랏빛 외로움 안고 온다

가로등 기울여
바라오른 밤의 색지(色紙)
고층집에 장미 한 다발 피워준다

돌길 더듬는 느릅나무의 그림자
깃발 날려 언덕 부른다

# 슬픈 신호

입 다문 공허 하늘에 걸어 둔 채
여름이 날개 접는다

사념 짙은 얼굴에
창백한 비애의 잡초
헝클어진 그림자가
고독의 행렬에 금 긋는다

어둠이 찾아들던 피부
거리의 아우성에 소스라쳐
눈물 겹는다

# 감회

무르익은 주스에
경악소리 사태 지고

물든 귓부리에
황토 내음 출렁인다

무게 지닌 가을
가지마다 빛깔 뻗는다

# 정오

장미나무 늙어가는 마른 뜰에
종소리 미끄러져
청제비 고향 부른다

뙤약볕에 울어대던 벌레
보리술 청하고

하늘에 기대인 나비의
하얀 자비
목탁에 부서진다

# 배고픈 저녁

하늘은
손톱에 자국 나고
달 보며 독백하는 새
고독 톱질한다

파랗게 질린
뼛바람 허파 들어내고

겁먹은 헛소리
문풍지에 매달려
물어뜯긴 가랑잎 상처 깎는다

해가
산발치에 길게 누워
하품한다

# 민들레 영토는 또 한 자락


겨울이 흘리고 간 핏덩이
여우의 속살 되어
봄 녹이는 소리

빗줄기가 키워낸 넝쿨에
뻐꾹새 타작한다
새의 하얀 부리 가을 물고
울어예는 밤

창문지에 주름 잡힌 한겨울 골짜기
살바람은
한 잎 두 잎 낙엽 되어 흩날린다

# 세월


애솔나무 그늘
기왓장에 잠들고
송아지 영각소리 봄을 당긴다

가을수염 팔자 펴놓은
밭고랑에
겨울은 빗자루 들어 하늘 쓸고

눈먼 나귀 퍼지운 콩알
추억 갈아 강물에 띄워 보낸다

# 외로움

매돌 한 짝, 옛터에서
해와 달을 갈다
흰 수건 머리에 두른 장독의 선언

젓가락 발톱
밥상다리 긁는 이유
언 배 마른 가지 잡는 시늉에 팔리워 간다

유리잔에 입 대는 모기의 갈증
날개 다친 외기러기 무덤은
강물의 흐느낌

돌부처 밧줄 감는 소리
천국으로 떠나는
밤하늘 골다공증

처방전에 베껴둔
여행 일기가 녹아 있다

정하나 복합상징시집·안개의 해부도

# 별 보는 동네

황금파도 딛고 선 용마루
무지개 업고 상고춤 춘다

버드나무 내리드린 달빛의 타래
토닭곰 향기 광주리에
어둠 밝혀 별빛 심는다

김치움에 감춰둔 순대맛
가마굽에 구멍 낸다 하여도

팔간집 신선 방아
추녀 끝에 가락 튕겨 익힌다

# 추석

나뭇잎 냇물에다 연지 찍고
꽃게 저녁상 올리는
착각의 안개

국화꽃 허리 곧은 역사가
달 뜬 술잔에 담아
제사 지낸다

# 그리움

빵 조각과 과줄은 잎에 싸이고
시간은 날개 잘라 바위에 달아준다

자라 가슴 갈라 터진 이유 등에 업고
나무 오르는 달팽이

심장에 싹튼 뻐꾹새 울음 토막 내여
강물에 씻어 보낸다

까막까치 울어예는
만년 엽서 허벅지
거기에는, 바닷물 출렁이는
파도의 그림자도 그려져 있다

# 갈망

옷고름이
뱃머리 돌린다

동강난 눈초리 거울 펼쳐
참빗질 하고

바늘이
틈새 깁는다

정하나 복합상징시집·안개의 해부도

# 돛배

동해바다 썰매 끌어
얼음바위
옮겨
간다

등 기댄 해안선은 밀려가고
돌다리 힘줄 당겨
가슴
다독여 준다

# 칠석

개똥벌레 반뜩임
어둠의 그림자 일으켜 세운다

입새 갈린 밤의 틈서리에서
잠꼬대가 이슬 안고
또로록
새벽 굴린다

고요 긁는 강물 위에
오작교의 흐느낌

쉰내 나는 소망 갈갈이 찢겨
그리움
내리 드리운다

# 목 타는 절기

자갈돌의 비상
풀뿌리 발톱은 보지 못했다

새끼줄에 동여 매인 구름의 자유
개미들 환각은 겨울 꿈밭 달리는 것임을
바람은 알지 못했다

하늘 향한 원숭이들 뒤통수에
헤엄치는 물고기의 그림자
항아리에 담긴 구름빛 미소는
동냥 떠난 스님의
장삼 절은 아픔이었다

# 귀로

저녁해 밟고 간 사막의 발자국
추억 꿰맨 밤장막이
덮어 감춘다

굴레 벗은 바람의 히스테리
시린 장갑에 기어 든
먼지들의 데모

감초의 맛은 생명 앓는
허겁의 우주를 촛불 위에
떠올려 본다

# 포도나무 숲속에서


유리잔에 찰랑대는 햇살
자줏빛 웃음
담장에 드리워 있네

술 향기 연못에 피어
취기 오른 바람
기와집 문틈 사이로 손가락 빨며
저고리 고름 풀어

정이 와인으로 녹아
립스틱 곱게 바르네

# 천지대교


바다에 별찌 띄우고
하룻길 에돌아 온, 노을 실은 배
북두성은 가로등에 머물러
졸음
두드려 깨운다

밤새 날아예는 허공의 날개
꽃물결도 치마 들어
잔디밭 보듬으면

감은 눈 살포시
들어 올리는 폭포

가야금 한숨 소리에 날개 달아
천지(天池) 물에
화딥 보낸다

# 겨울내의

특허 받은 세월의 호각 소리에
그늘 찾는 나무의 그림자
추억 찢어 얼굴 닦는
가난의 액자엔
땀줄기 휘뿌려 마당 적시는
미련의 낱말 옷 지어 입는다
올해 겨울은 따뜻할 거야
자전거 페달 밟는 중력이
갈매기 울음소리 다져 가며
보석 굽어 올린다

# 파도

연무탄 내뿜는 고래의 마술에
구름이 바닷길 연다

선반 밟아 부시는 바위산
나래 접어 빙산 톱는다

공작새 부챗살
바람 끌어 올리고
아침해 연지곤지 찍어 바른다

*정하나 복합상징시집·안개의 해부도*

# 새벽의 찬가

가야금 뜯는 참새들의 성수난 발톱
바람이 곁에서 노래 부른다

자갈밭에 찍혀진 밤의 발자국
갈대의 그림자 키스로 닦는다

구멍 뚫린 갈대의 유혹
딸꾹질의 이유가 추억 꺼내어
아침에 다시 옮겨 적는다

# 붓나무

연필 끝에 엿가락 감아주고
녹슨 꺾쇠 잿더미에
소망 하나 적어본다

두루마기 백지장에 피고름 쌓아 가고
세월 쪼아 한숨 날려보낸다

청풍은 붓대 끌어 오솔길 접고
땅거미 줄 당기는 장인강 강변에서
당나귀 먹돌 메고
세월
갈아 번진다

# 트렁크

안개 닫긴 부둣가
개미 등에 부푼 희망이
궁궐 문 더듬는다

숨쉬는 영혼, 붐비는 바닷길
발자취가 파도의 빌딩 찾아 든다

갈매기 쉬어 가는 섬마을 해돋이
빨간 자위(自慰) 입에 물고

반딧불 반짝대는 도심이
심장 끌고 달리어 간다

# 늪에서

바람의 가지 그늘 밑
물고기 떼
열손가락으로 그물 뜨고

쌀함박이 일어낸 모래
보리밥으로 저녁 넘기어 준다

헝클어진 이끼의 보따리
제방 둑에 무릎 깁고

거부기 등에 새긴
꿀 찾는 돼지들의 음성이
꿀 꿀 꿀…
부평초에 뜸 들인다

# 눈이 내린다

목탁소리 새벽 두드리는 언덕에
성에꽃 반짝이는 햇빛의 미소가
산에 들에 얼어붙는다

늪을 감싸는 살얼음의 행적
사푼사푼 생각 찢어
하늘 땅 천지에 꽃보라 날린다

# 돌개바람

불여우 술독 뒤집어쓰고
황하에 뛰어들었다

천년봉황 잿가루 안고
구주에 날아다닌다

그믐날 발목 지축에 말뚝 박고
설날 문고리 말발굽에 북을 친다

시계바늘 천문대에서 팽이 치고
체온기 얼음 위에 곤두박질한다

눈썹 마주치는 지휘봉
장중경 이시진이 잠에서 깨어난다

76

# 골목길 주막

두꺼비 애탄소리
혓바닥에 소금 배겠지

꽂아 놓은 고깃덩이
진땀에 절겠지

메마른 시름
묵은 지 침 닦아내겠지

싹이 나는 세월
정통편 이마 감싸쥐겠지

마주치는 아픔
행주치마
겨자로 눈물 찍겠지

# 단오날

돌부리 파고드는 지렁이 허리에
낚싯줄 걸리고

올챙이 꼬리 젓는 연꽃 늪에
버들꽃 날린다

그네 뛰는 햇살의 치마저고리에
그림자 너울너울

계절의 여신 앞에 밥상이
시간 받쳐 올린다

# 카드의 비밀

막대 짚어 가는 길에
몸 뺄 공간도 없었지

바람 되어 구름 잡다가
별찌의 미소에 손 빼 들었지

어둠 속 엎질러 가는 사랑의 욕망 앞에
또 한번 냄새
끌려갔었지

강물의 열망 불씨 튕겨
빛은 반짝이며
제 모습 비춰 보았지

# 대물림 보배

은하수에 머리 감고
가마목에 살포시 내려앉는다

가는 세월 잡아다가 맛독에 재워 두고
화롯불에 사랑 떠 담아 보글대는
달의 내음새

나무수레 앞세우고 돌아오는
뒷산고개 저녁노을이

물방아 돌아가는 혓바닥에서
떡방아 찧으며
지구 안고 우주를 감돈다

# 입동

잿빛구름 사이로
옷 벗어 버리고
하얀 깃 강을 덮는다

창문틈새로 내다보는 웅크린 심장
다람쥐 밤 까던 숲의 굳잠에
넋 잃고 사진 찍는다

겨울이 컽 들어올렸다
위잉 위잉…
바람이 소리 내어 읽는다

# 가로수


흘러가는 꽃거리에
햇빛 바르고
십자가에 빗방울 떨군다

고약 바른 세월의
바퀴벌레 울음
그림자가 기억 들고 쓸어버린다

# 가을비


기러기 울음소리 이슬에 젖었다
구름 찢는 바람이 꿈 들어올린다

시간의 지류들...
현기증 여울목에 모여들어
바다로 돛을 올린다

두고 가는 그림자가 걱정스러워
추적추적
울음소리 남기고 간다

# 무서리


허기 든 바위 넘어
구름이 깃을 편다

바다 실은 쪽배는 숨차서
파도 출렁거리고

해안선 등 굽은 연장선 위로
그림자 쫓던 강아지 눈을 비빈다
시선이 얼어붙는다

# 칫솔

헝클어진 추억 더듬어
산새의 지저귐 되새겨본다
그림자 잡아주는 거울에 거품이 떴다

사립문 두드리는 노을빛 사랑
꼬리 달린 허무 한 자락 집어 들고 본다

늦가을 미소에 말라가는
박하 향기

바람이 신나게
입안 닦는다

# 숙명

구름은 바닷물로 헛배 불리고
개미가 바위 지고
산을 넘는다

나무숲 찌르는 꿀벌의 울음소리
바람이 쉬어 갔던
휴게터에
이름도 없이 꽃이 핀다

# 사랑

새벽닭 빗디딘 굽 빠진 함정이었다
구름의 머뭇거림에 하늘은
어류와 조류
재혼시켰다

손끝 얼어든 물소리의 회한
목구멍 말리는 바람과 손잡고
이름 찢어 들판에 그림자
날려보냈다

달을 쪼아 옥 빚은
붓끝의 초점
그리움은 있었노라 기억하노라
답안 쓰고 있다

# 한 모금 커피


혀끝 데이는 첫사랑
연기 실어 가고

고리 건 반지언약
바람에 말을 타

갈앉은 앙금
아픔에 채찍 굵는다

# 한숨


강물 띄운 파란색 정열
도깨비 반딧불 쳐든다

잔에 남은 고독 한 모금 삼키고
원과 한 과녁에 걸어
저주로 화살 당긴다

얼음산 무너지고
구름도 사라진다

# 시골집 추억

닭이 개물함지 엎어
시래기 보쌈 행주치마 두른다

콩 매돌 주먹누룽지
새알 추억 골라잡아
가마목 베개 베고
돛가래 젓는 호랑이 이야기 엿듣는다

밥주걱 된장 푸는 소리
돌바위 두 쪽 내고
자작나무 도끼 창공에 메아리 젓는다

# 인생

새벽 여는 목탁소리
동전 한 잎 하품한다

받아 쥔 커피
고달픔 구겨 배낭 멘다

지하철은 눈곱 뜯고
버스 몸 둘 곳 찾는다

갈라터진 마디마다
하루가 버얼겋게 멍들어 간다

# 진눈깨비

추억이 눈물 집어 뜯고
곪아 터진 삼복의 미련
그림자 찾아간다

마가을의 잿빛 추억
하현달은 아기별 손목 끌어
칠성별에 손바닥 비빈다

쥐여진 모순
가을의 아픔과 겨울 슬픔

이별이 아쉬워서
옷자락 부여잡는다

# 애교

가시볼 미소 찔러
그리움에 꿀물 탄다

꽃댕기 발버둥
갈망 주어 빨고

목마 탄 엉뎅이
허공 깔고 앉는다

낙타 등에 가마 노래
기억 찢어 눈물 닦는다

# 사색

꽃손이 감아쥔 저고리고름
바다가 휘젓는다
송곳이의 미소 겨울 가슴 녹여 볼가

우윳빛 물줄기 밟고선 꿈자락
무지개 타고 햇빛 바위 업어나 볼가

기둥 잡고 높이 뛰는 우주
새벽 별 잠든 눈동자에
나비 깃이나 펼치어 볼가

# 진달래

추위 맞댄 얼굴이
가냘픈 눈길 잡고

홀로 머금은 웃음
봄을 깨운다

앞서 가는 이유
안개 덮이어도

타며 가는 미소
뜻이 고이었어라

# 국화송

가을이
향기 뜯어
젊음 감싼다

무르익는 서늘함이
하늘 접어
바람이 깃을 편다

# 기다림의 갈무리

바구니에 들판 담아 들고
봄이 굴러간다

미소 감춘 시냇물에
사색 젓는 젊음의 손목

들꽃 꺾는 향기가
처녀 가슴 물들이며 간다

내물에 띄워 보는 갈망의 엽서
영 넘어 온다

# 묻어버린 우물

슬픔 찢어 달리던 어제는
돌 들어 발등 까고
매운 하늘 탓하던 눈물이었지
울분 씹어 발버둥 치던
미련의 바늘귀
사랑이 전부라는 싸구려 전단지는
뒷골목 바람벽에
치맛자락 펄럭일 때에도
붓이 내리 긋는 삶의 이부곡(二部曲 )
향기 담긴 악몽으로
바보스런 흐느낌 움켜쥐었지
바람의 선택은
구멍 뚫린 고요의 허겁이었지

# 노가다

계절이 채찍 갈겨
찾아간 고원 지대

하늘은 지쳐 휘청이는데
땅도 어지러워 벽을 더듬는다

서릿발 칼날 밟고 초침 헤는데
옮겨 디딜 곳은 어디에…

놀빛이 혼자
볼 붉힌다

# 겨울 밀어

오동나무 뿌리 내려
금현줄(琴弦) 튕기던 날
손꼽던 새벽 망사
어둠 들어 터전 더듬는다

인품 좋은 토종 맛
벙어리 입 벌린 항아리에서
꽃향기 풍막 일으켜 세운다

머언 옛날이
눈물 날린다

세월에 슴배인 구슬땀
언 땅 두드리는 메아리에
드라마 막 내려
멜로디가 이야기 삽아당긴다

# 잠자던 숲

부엉새 분주하고
왕벌이 손 편다

눈길 맞춰 기쁨 저어
쳐든 틈새로
웃음이 흘러내린다

머금었던 미소
빛을 잡고 뛰어 내린다

# 가을의 법칙

하늬바람 안개 밀어 하늘은 옥경(玉鏡)
방초 향기 그윽하여 연못은 웃음 짓는다

기러기 짝 지어 오동잎 날리는데
다듬질 소리에 귀뚜라미 울고
빛은 참담하여 눈까풀 들어올리네

시린 이슬 드리운 숲에
등불 밝힌 깊은 밤
해와 달 어깨 스치며 세월을 가네

정하나 복합상징시집·안개의 해부도

# 물결

닫긴 문턱에 그림자 들었다
발목 묻힌 괴로움이 가슴 뜯고 떠난다

가을 서리 덮어쓰고
지구가 쇼크 할 때

골짜기에 시든 하늘 풀잎 되어
들에 눕는다

비운의 사계절…
오늘도 바람은 숙명 들고 흐른다

# 소나무 아래에서


구름에 솟아
옷깃 떨치고

바람 들어
옛 곡조 탄다

나누는 즐거움
향기 채워
잔을 든다

# 오늘을 위한 고백서


노란색 미소
꽃봉오리 반겨 줍니다

푸른 등 하나
천만 갈래 히늘길 쓸어
안녕 지켜 줍니다

잠꼬대 초침 달려
어둠 몰아내고
웃음은 눈물이 됩니다

달 실은 가을 수레 골목길 갑니다
빨간 신호등 말고삐 건네 줍니다
정열의 가슴 사계절 녹여 줍니다

젊음의 외침이
안전귀가
깃발을 치켜듭니다

# 신호등

푸른 등 노란 등 미소 저어
하늘길 쓴다

추위가 가랭이 뜯으며
언 땅에 발목 문지르고
땡볕은 입술 감빤다

잠꼬대 안고 달리던 초침
사각지대에 멈춰 버리고
보름달 실은 가을수레
골목길에 나선다

한숨 소리 고개 저어
말고삐 멈춰 세우면
새벽 별 인사 받쳐 올린다

# 친구

은찌박에 정히 포개어
가슴 열고 덥히어 본다

이슬 맺힌 우정의 풀잎 위에
뒹구는 추억

달려온 바람 앞에
강물이 목놓아 흐르네

# 해바라기


고개 숙여 해를 삼키고
치마 펼쳐 어둠 덮는다

향기 잡은 시간
까만 가슴 밀고 들이 박힌다

아침의 약속
저녁이 등에 지고
울바자
줄지어 선다

# 아침

사다리 밟고 올라선 웃음
계곡 찾아 달려간다

붐비는 도시 공간에도
햇살은 치맛자락에
편지 적어 두고

고리 잡은 수림은 홰치며
깃을 편다

속삭이는 이념의 모래밭
방초의 멜로디는
바람 타고 산발 넘는다

# 자기마당


　　．

강물에 가는 세월
연꽃 늪에 멈춰놓고

연줄 잡고 내려앉은 궁궐의 잎새
수다의 뜰에 내음 넘쳐
고목 가지에 냉이꽃 피운다

햇볕이 타고 내리는 민들레 홀씨
깃털 펼쳐 지난 과거 보듬어주고

햇빛 만난 무지개
그물 당겨
금빛 심장 수놓아준다

# 미련은 아픔인가봐요

초콜릿 감춘
미소의 놀이터는
송아지 떼 찾아가는 보금자리였지

서글픔 둘러멘 배낭이 길 잃고
헤매일 때
십자가 걸린 손목 잡아끌던 우정이
고목에 꽃 피우고 열매 맺던 그날이...

징검다리 딛고 서서
닫는 말에 채찍 안기는 순간
머리 떨어뜨린 옹이 하나
그림자 새겨 보았지

# 파돗소리


치맛자락 밟으며
싸움터에 나서는 승벽심
밀물이 썰물과 가슴 비빈다

갈매기 울음
거품 쪼아 먹으면
구슬구슬 푸른 메아리

바다가 자는 듯
눈 감고 있다

# 굴절은 지혜

야밤삼경, 벽에
아닌 거울이 걸려 있었지
신기루 더듬어 꿈이 나섰지

치매방지가 별 쌓으라고
치켜들었던 소리
달걀에 머리 얻어맞았지

거품 물었던 전단지
광고 날리던 손이
짚게발에 집히우겠지

경계선 스치려던 안경이
비신호선에 반사되어
연꽃 늪에 발 담궜지

옥구슬 한 방울로 눈을 뿌렸더니
금강산 스님이 나타나셔
일만이천봉 눈앞에 펼쳐 드시겠지

강물에 띄운 바둑판
흰 조각 하나로
바다를 꿰뚫어 보시겠지

# 계절

울음 빚어 거친 숲 길들이는
갈대의 순정…
지구도 흠칫 놀라
손 움츠려 뜨리네

바람 부는 하늘 저켠
빈 뜰에는
구름도 뒤짐 지고 서성이는데

낙엽 지는 들녘에 눈 감은 사연들
영혼의 갈피마다에 별빛으로 남아
길손들 귀속처 물들여가네

# 광풍

머리카락인가 쑥대밭인가
하늘 날리는 것은
입술 감빠는 바람 배꼽의
작간이 아니라고
양철 기왓장의 고소장에 적히어 있다
팔 잘린 나뭇가지 콘크리트
머리 조아리는 인사말에도
하소연은 딱딱하게
계절 노크하고 있다

# 폭우

어깨 겯으며 내달린다 꿈마차
드러난 강바닥에 입 벌린 왕가뭄
느닷없이 들이닥친 행복의 물사태가
까무러쳐 흐느낀다

기쁨이란 워낙 준비 없는 사랑
그리고 이별의 폭탄세례 속에서
목숨 걸고 그려보는 줄 당기기임을
생각의 광대뼈에 걸어놓는다

정하나 복합상징시집·안개의 해부도

# 저녁비

엿가락 늘구어 문발 걸어 두었나
틈새로 내다뵈는 가로수

늘어진 머릿수건이 빗줄기 드리워
바람이 하프를 뜯는다

어둠이 주춤 걸음 멈추고
멜로디 받아 베낀다

# 무더위

나리꽃 얼굴에 깨알이 박혔다
고무풍선은 터져버렸다

불판 위에 드러누은
여름 익는 냄새

탁구공 통통 뛰며
시간을 노크한다

땀의 역사가
그림자의 길이를 잰다

# 눈안개

밤새 써 놓은 편지가
면사포 펴들고 사랑 감춘다

산이 들이 뽀얗게 웃으며
시집 갈 준비에
주춤 거린다

# 눈 내리는 밤

시름 풀어헤친 달님 면사포 살며시 들고
고민에 어린 눈빛으로 턱 더듬어 나서네

덕은 포개어 시렁 위에 얹어 놓고
은혜 풀어 골짜기 메워가네

끈 감아쥐고 맴도는 가로등
돌을 달아 사뿐 내려놓네

떨어질까 두고 갈까
바다와 산이
어깨 들먹이며 서있네

# 영화관

저녁이 막 펼쳐 들고 서성거렸다
필름은 준비되어 있은 지 오래다고
불 켜들고
망발 감아쥐고 있다

연기속의 신기루
개미 떠나는 날

어둠 차는 소리
원시림의 우주

바다 송
입 다문 우등불…

화면은 다시 가려지고
예고 받은 제목은
심판대에 오른다

# 인과관계

바람에 옷깃 스쳤지
귀신의 성화, 종잇장에 불씨 한 톨
심어 가꾸는 건
옥황상제의 어명이었지

쪽잠 속에 깨여진 꽃병이
얼음조각인 줄 시간은 알았을까
끌려가는 영혼이 처세술에 넋 빠진
구걸인 줄 공간은 감지하였을 꺼다

이념의 쓸개
고슴도치 가시로 허공 찌를 줄
십자가는 짓밟힌 가지에
향기 절어놓았을 꺼다

그러나 싹 움켜잡고
울바자는 기둥 뽑아 기억의 진열장
받쳐 주었을 거다

# 소한

바람이 나무 꺾는 소리 문틈 비집고
얼음 위에 굴러 가는 장독
음양의 이치 알아내네

찻물 끓여주는 마음이
비인 집안 덥혀가고
오고 가는 메시지에 무릎 맞대네

천년송 백옥경이 누각 지켜 서 있고
매화 향기 겨울 잡아 동장군 잠재우네
밤 깊은 침상에 꿈만 쌓이어가네

# 볕쪼임

벽에 기대 앉아
오목렌즈 졸라맨다
밭이랑 차고 내린 달래 뿌리
가냘픔 밀어
햇빛 다듬어낸다

봄 뜨락에 병아리 떼
탈곡장 텅 빈 주머니가
실오리 풀어낸다

부싯돌 쪼아 지펴 올린 우등불이
냉각의 질그릇에
부서져 나간 생각 끌어 담는다

닳아빠진 신바닥에는
기록 없는 장부의 맹세도
깔리어 있다

# 성에꽃

방안의 발자취
자지러짐을 멈추고
황야의 귀속처 갈대숲 헤맨다

어둠 쫓던 샛바람에
새벽이 움츠러들고
가는 길에 꽃 꺾어
향기가 후회 한 장 집어 든다

# 가을 국화

참이슬 창공 적셔
비탈길 톺아 오르며
옛 모습 그대로 그려 넣었네

초라했던 몽당치마
봄빛 앓던 옷고름에
설음 곰삭아 웃음 피었네

미소 머금은 보랏빛 여운
스쳐가는 부챗살에
시린 볼 부비며 웃어보았네

노란 향기 기억 꺾어
자욱한 내음새
꽃대 흔들어 여윈 계절
이름 찢어 부르네

 정하나 복합상징시집·안개의 해부도

# 안개 묻힌 사랑

꽃이 떨고 있네
운명 앞에 아미 숙인 초행길
코신 벗어 강물 두드린다면
백리 길에 눈 쌓아 둘 수 있을까

삼장 터쳐 주봉
물들인다는 망설엔 거품 섞인
비린내도
발리어 있음을 알지 못했네

밀림은 침묵 속에 잠자는데
산발 타고 울려 퍼지는 한숨 소리
가지마다 의문표 꺾어 들고
폭포수에 길 물어 가네

경작된 노래 부엌문 열고
강산을 에돌아
국경선 날아 넘어
후어이 후어이…

도련님바위
더듬어가네

# 변색의 빛

땅을 파고 드는 참회
하늘 우러러 눈 감으며
태산 앞에
무릎 꿇었네

문뜩 찾아드는
아픔의 유령들, 가슴 쥐어뜯으며
꿈을 조인다

서랍 찾아 받쳐 든 명세장이언만
정체불명의 기록들 좀비 되어
거마줄 파닥 거린다

움 속 김칫돌에 눌리운 죄였을 것이다
이유 타서 마시며
사랑 찾아 이별 잦아 여행 떠나도
강물이 흐느끼며
지도를 펼친다

## 인생저널

겨울 밀어 봄을 당기는 계절의 선율
깃 펼친 대지에 하얀 메아리 울려가네
영혼이 어둠 풀어 머리채 감고
갈앉은 모래, 강물 깨워 떠나보내네
아픈 가슴 열어 꿈은 탯줄 당기고
움트는 새싹 귀를 가시어 주네
시간 쪼개는 하루하루가 공허 메우고
사색의 순환 속에서 침묵이 둑 터뜨려
욕망, 샘솟아 오르네
갈피 잡은 세월, 주옥 찾아
조약돌에 아로새기며
천만년 정화수(淨化水)에 붓끝 적셔, 산발마다
주련 걸어놓았네

# 두만강(豆滿江)

잿빛 모자 눌러쓴 계절이
모래바람에 언덕 빚어 놓았다
배고픈 물오리 한 쌍 넘나드는 철사망 사이로
고개 내민 나무초리 끝

세월 건너 풍요로운 이야기도
날개 꺾인 이슬 되어 눈뜨고 있었다

아쉬움이 몸짓으로 적어 가는 붓글씨엔
시린 하늘 부리웠다가 다시
떠나는 버스의 미소
윙크들이 눈꽃으로 피어있었다

그리움이 사태로 무너져 내리고
운무 속 코끼리가 고동치며
악수 나눌 때

얼어붙은 겨울의 초조함
빨랫줄에 갈망으로 매달려
브레이크 밟는 순간을 캡처해 둔다

경직된 얼음장 밑으로
봄이 숨죽여 흐른다

# 호박

못난 세월…
줄달음치는 신음소리
잎 펼쳐 산비탈 덮어줄 때에
칭찬이 이슬로 내려앉는다
관습에 인 박힌 시기와 질투가
어둠 속에 빛 잠재우는
꽃잎의 여유로움
외로움의 줄기는 긍정의 빛으로
기다림 뻗어 나갔다
여름 가고 가을 오는 어느 날
서리 내린 그 아침
단즙 모아 길러온 시간의 약속들
우주의 넌출마다에
보름달 주렁져
하늘이 깃 펴고 날아 내린다

# 거울

초췌한 모습이 싫어
돌아설 때에
그는 불 끄고 잠들어 버렸다

다시 찾아 마주설 때에
꽃이 되어 향기 되어
사진 찍어 주는 맵씨들

울적 했던 나날엔 그림자마저
속살 꺼내 우수(憂愁)에 젖은 파문
닦아주었다

소리 없는 공간에 웃음 지어 바르며
독백의 묘미가 목청 찢어
침묵 흔들어 주었다

목탁 두드리는 산사(山寺) 추녀 끝에
거짓 벗어 풍경(風磬)으로
걸어두고 싶었다

우주의 평면엔 유리 한 장이
밤을 막고 있었다

# 행복은 심사숙고

꿀 먹은 벙어리
사랑의 전주곡에 입 맞추는 아침
색동저고리 웃음 쪼개어
기쁨 나눠 먹는 저녁

이별이 약속 기다리는 시각인 줄
바람은 입 다 물고 숨어 버린다

장기판의 도전 그리고
앞선 한 수, 그것이
역경 속의 전환점이 될 줄을
사색은 눈 감아 한숨짓는다

작디작은 거동도 에너지
눈길과 눈길의 대화
용기와 직책은 또다시 일어서서
심장과 심장의 맞댐으로
예찬의 엄지손가락에
힌트 보내준다

개선가의 예포 속에서
자부감은 꽃다발에 미소
보내고

만족감은 사람이 근본이라는
천지간의 도량으로
팔을 벌려 세상을 향한다

# 일식(日食 )


밤 깊은 잡념이
삼검불 헤집고 채마밭에 달려간다

사품 치는 거품이
깔렸던 추억 들어
입술 모아 아픔 쪼아 먹는다

부질없는 짓궂음이
물음표 남긴 꽁초
미풍 스쳐 귀띔하는
인 배인 속삭임

아참, 암흑은 새벽의 직전
천리(天理 ) 의 메아리
고요 깨뜨린다

# 천지합일

하늘과 땅은 결국 하나
노을 펼친 저녁
자락 끌어 사랑의 우주 감싼다

하나에 하나를 더해도 하나
방정식이 지평선에
기둥 박아 대들보 올린다

인생은 한 오리 실
청실홍실 꼬고 꼬며
두 손에 별리 잡고 간다

갈래갈래 냇물은
한 갈래 강물에서 만나 바다로 흐르고
오불꼬불 오솔길
산봉우리에 올라 굽어본다

움틀 거리는 구름의 가슴
화살 잡아 초심 새기고
숙명 지고 영원을 향한다

# 파도의 사색

숨쉬는 모래톱에
조개의 떫은 삶
바다를 삼킨다
손바닥 하늘에 햇빛의 뿌리
희망을 끌어올린다
밀고 당기는 썰물의 인생사
우주의 평온이 깃을 편다
마음의 천평엔 벤취의 기다림
갈매기 날개에 바람이
숨을 멈춘다

# 일상(日常)

낮과 밤의 열광으로
노을은 강산에 비끼고
밥 짓는 연기 잡아
양 떼 흘러내리네
햇빛 마인 농부 웃음
초점 맞춘 가로등에
글공부 소리 귓가에 맴도네
손에 손잡은 비둘기
국경 하늘 날아예고
다리 위에 뜬 그림자 소원 싣고
아리랑고개로 넘나드네

# 한(恨) 오백년

운명의 물동이에 탯줄 감고
어둠의 잔등 후려친다
생각의 여울목에 별들이 눈 뜨고 있다
팔자의 뒤틀림
재활센터 그릇엔 바람의 내조
영하의 밤하늘 불태우던 첫사랑 메모가
맹세 받은 숙명 앞에
여자의 본분 밝혀 주었다
선택의 치마 밑에 감추어 둔
욕망의 울바자
가난의 신음소리가 개미굴에도 빛이 되어
기억 슴새들었다
참자 참자 그래도 참자
유령들 너불대는 구급실에서
배신자의 번뜩이는 칼날이
엽전 한 잎 쪼개어 밤을 가를 때
자제력 잃은 슬픔이 지구 건너편에서
경련, 발버둥치고 있었다
행복에 만취된 꽃방석은 그때 과녁으로
벽에 붙어 있었다
방향 잃은 화살이 날아가고 또 깃을 펴고
놀란 우주의 심장이
잘 살아 왔느냐는 인사에
눈물사태 서리 맞아 무너져 내리고
먼 훗날 다시 만날 그 애모뽐이
죽이고 싶도록 미웠다

# 뿌리

눈물이 이슬 되어 꽃잎에 딩군다
바람 꺾어 손에 들고
햇살이 잡아 흔드는
폐교의 종소리

숟가락 딸깍딸깍 걸어 나와
가난의 그릇에 깍지 걸어 불러오는
정다운 이름들…
사진 한 장에 추억 달구어
터미널에
티켓 끼워 넣는다

고목의 안쓰러움
찬 서리 덮어 줄 때에
아침 앓는 낙엽의 미소
퇴색 접어 노을 한 자락 가려 덮는다

어둠 움켜쥔 손가락 끝에
눈들의 입맞춤
하늘이 고름을 푼다

# 인연의 창(窓)

울타리마다에 기둥 박는 언어의 뉘앙스가
감사의 문고리 잡는다
수다의 뜰에 댕기 푸는 걸작 쇼
그릇 들고 넘나드는
이웃들 따스한 인사말에
잎 찢겨진 고백이 눈발 되어 들을 덮는다
갈라진 20년 세월이
밤새워 뜬 털실 재킷에
따스함 깃 가두고
탱탱 영근 손부리에 황혼이
꽃 피는 순간 잔에 담는다
단 즙이 가슴 적신다
이름까지 이쁘게 지어 붙인 동년의 뒷골목
그 웃음소리가 어둠 밝히어 주고
눈물의 안개 숲엔 반딧불 사랑도
고요의 안식 찾아 반짝거린다
살아 있다는 증거가
싱싱한 아침을 연다

 정하나 복합상징시집·안개의 해부도

# 자화상의 의미

흠뻑 젖어 있었다
여자의 고통
가느다란 목구멍이 가시 되어
기억 찔러 주었다
삶을 추구하는 듯싶었다
살아야 했다
혼자가 아니었다
찬바람 맞으며 가을배추 캐서 국 끓여
들이마셔야 했고
머릿수건 동여매고 활자 타자를 하면서
돈 벌어야만 했다
우유 봉다리 푹푹 줄어들 때
걱정도 태산을 쥐고 흔들었다
비 오는 날 밤, 우는 애기 달래며
외딴 집에 혼자 있을 때
고독과 두려움이 숨통 조였다
가난의 궁전에서 아들애 받쳐 올리는
의문부호가 손톱 살려
가슴을 허빈다
우린 언제 층집에서 사냐요…
어느 날 시험지에 만장 편지 써놓고
찾지 말라며 가출했던 아들 녀석 눈물에
하늘이 물앉으며
난발(亂髮)을 자랑했다
아찔하게 돌아간다
이 세상 모두를 불살라 빙산이
녹아내림을 본다

허겁의 숨결 위에 떠 흐르는
시간의 거품, 둑을 넘어
아침 맞는 바람꽃 향기에 취해 쓰러질 때
햇살의 따스한 손 팔 벌려
입 맞춰 주었다
다시 뜨거워나는 봄 이마, 거기엔
무지갯빛 구름이 신기루 되어
하늘
닦고 있었다

# 장미꽃

슬픔이 치마 펼쳐
하늘 받는다
빨갛고 노란 얼굴들 볼 부비며
젊음의 언덕에 이름 석 자
떨며 적는다
입술 감빠는 순간마다
별빛 추억 메아리로 남아
잎들이 받쳐주는 아름다움에
가시가 울바자 둘러 준다
멀리서 풍겨오는 유혹의 멜로디
바람이 손 뻗쳐 꺾으려는 찰나
앗 하고 이별 찔린 사랑이
핏빛 노을 한 자락에
회한 벗겨 여백의
바람벽에 올올이 걸어 준다

# 시집 「안개의 해부도」를 내면서

지은이 · 정하나

 

가난과 풍파 많았던 역사적 시대에 농촌학교 교장의 막내 딸로 태어나 발음을 익히면서부터 아버지는 하동이란 성씨의 본을 꼭 덧달아 강조하여 하동정씨라 대답을 올리곤 했습니다. 아버지의 그 이유를 그때는 알 수가 없었지만 "뿌리 찾기"를 하면서 그 뜻을 다소간 이해할 수 있었습니다. 옛 선조들로부터 글공부를 중시해 왔고 아버지와 삼촌은 그토록 가난한 형편에도 공부를 포기하지 않고 꾸준히 노력했었다는 얘기도 많이 들어 왔습니다.

아버지는 돌아가실 때까지도 늘 새벽이면 조용히 글을 쓰는 습관이 있었습니다. 모름지기 아버지의 영향을 받은 나도 말보다는 글로 내심을 토로하는 습성을 기르게 되었습니다.

시 아닌 시 두 편 써 봤고 2018년 9월 3일 두만강 역에 유람 갔다가 북받치는 격정을 억제 못 하여 또 시 한 소절 써본 적이 있습니다. 그때 시를 쓰고 싶은 강력한 충동을 진정 느껴보았습니다.

지인 작가 선생님을 찾아뵈었더니 허옥진 시인 님을 추천하셨고 허옥진 시인 님은 또 최룡관 시인 님을 추천하셨습니다. 그리하여 최룡관 시인 님은 저의 첫 계몽 스승님으로 되셨던 것입니다.

그렇게 본격적인 시 공부를 시작한 저는 퇴직을 앞두고도 그냥 여유를 즐기는 마음으로 시 쓰기를 견지해 나가려고 합니다.

요즘 들어 동창이며 시우인 김소연 씨와 함께 복합상징시 동인으로 활약하면서 시에 더욱 재미를 붙이고 있습니다. 시인으로 가는 길은 외롭고 쓸쓸한 일이겠지만 시인으로 되는 일은 성스러운 일이라는 점을 가슴 깊이 터득하고 있습니다.

퇴직 후 두 번째 인생길에서 시로써 인생을 엮어 가면서 스러져 가는 우리말과 글을 되살리고, 우리 민족 언어의 맛을 오래오래 시로써 감칠맛 나게 전달하고 싶은 욕망이 저로 하여금 서투른 처녀작이겠지만 대담하게 출판하여 여러분과 함께 공유토록 한 것이라고 자랑스럽게 생각하고 있습니다.

시인으로 가는 길에 귀인이 되어 주신 여러 선생님들께 진심으로 되는 감사의 인사드립니다.

그리고 시 공부에서 두 번째로 모신 계몽 스승 김현순 시인 님께 감사드립니다.

김현순 시인 님은 복합상징시의 창시자이며 복합상징시의 새로운 기원을 열기 위하여 한생을 바쳐가는 사심 없는 분이십니다. 오늘의 복합상징시집을 출간하기까지 손수 가르침을 아끼지 않으심에 넘넘 감사를 드립니다.

이 시집의 출간과 더불어 신생으로 거듭날 것을 스스로의 양심에 깍지 걸며 약속합니다.

정하나, 홧팅~!!


2021년 2월 28일

# 안개의 해부도

초판인쇄  2021년 03월 18일
초판발행  2021년 03월 18일

지은이  정하나
펴낸이  채종준
펴낸곳  한국학술정보사
주  소  경기도 파주시 회동길 230(문발동)
전  화  031) 908 3181(대표)
팩  스  031) 908-3189
홈페이지  http://ebook.kstudy.com
전자우편  출판사업부  publish@kstudy.com
등록  제일산－115호(2000. 6. 19)

ISBN  979-11-6603-375-9 03810